LA REINE
DE
GOLCONDE,
Conte.

1761.

LA REINE

DE

GOLCONDE,

CONTE.

ÉPITRE.

Par votre ordre, Belle Eliante,

Je vais, du léger Hamilton,

Avec une voix glapissante,

Essayer de prendre le ton.

Il avoit une tendre Lyre,

Dont il jouoit adroitement,

Même au milieu de son délire ;

Moi, je n'ai qu'un Sistre Allemand,

Et les sons aigres que j'en tire

Ne peuvent, à ce que je crois,

Bien accompagner que ma voix.

A ij

Mais, sans m'arrêter davantage,

Je vais vous raconter comment

ALINE, auprès de son Village,

Troqua, dans un vallon charmant,

Son innocence & son laitage

Contre un vilain petit Enfant.

Vous, en pareille circónstance,

Voici ce que vous auriez fait.

Vous auriez mangé votre lait,

Et conservé votre innocence ;

ALINE, de cet Enfant-là,

Dont le hazard m'avoit fait pere,

Fit à ses parens un myſtére,

Mais ſa taille à la fin parla.

Sa mere même apprit par-là

LA REINE

DE

GOLCONDE,

CONTE.

J E m'abandonne à vous, ma plume ; jufqu'ici mon efprit vous a conduite ; conduifez aujourd'hui mon efprit , & commandez à votre Maître.

Le Sultan des Mille & une Nuit interrogeoit Dinazarde ; le Géant Molinos, fon belier ,

A iv

& on leur contoit des hiſtoires, contez m'en auſſi quelqu'une que je ne ſçache pas. Il m'eſt égal que vous commenciez par le milieu ou par la fin.

Pour vous, mes Lecteurs, je vous avertis d'avance que c'eſt pour mon plaiſir, & non point pour le vôtre, que j'écris. Vous êtes entourés d'Amis, de Maîtreſſes & d'Amans ; vous n'avez que faire de moi pour vous amuſer ; mais moi, je ſuis ſeul, & je voudrois bien me tenir bonne compagnie moi-même.

Arlequin, en pareil cas, appelle Marc Aurele, *Imperator Romano*, à ſon ſecours pour s'endormir : moi, j'appelle la Reine de Golconde pour me réveiller.

J'étois dans un âge où un Univers nouveau se déploye à des organes à peine développés, où de nouveaux rapports nous lient aux êtres qui nous environnent ; où des sens plus attentifs, où une imagination plus ardente nous fait trouver de plus vrais desirs dans de plus douces illusions : j'avois quinze ans, en un mot ; & j'étois loin de mon Gouverneur sur un grand cheval Anglois à la queue de vingt chiens courans qui chaffoient un vieux Sanglier : jugez si j'étois heureux. Au bout de quatre heures, ces chiens tomberent en défaut, & moi auffi. Je perdis la chaffe, après avoir long-tems couru à toute

bride , comme mon cheval é-
toit hors d'haleine , je defcen-
dis : nous nous roulâmes tous
deux fur l'herbe ; enfuite il
fe mit à brouter , & moi à dor-
mir.

Je déjeunai avec du pain &
une perdrix froide dans un
vallon riant , formé par deux
côteaux couronnés d'arbres
verds. Une échappée de vûe
offroit à mes yeux un hameau
bâti fur la pente d'une colline
éloignée, dont une vafte plaine, couverte de riches moiffons
& d'agréables vergers , me fé-
paroit.

L'air étoit pur , & le ciel
ferein , la terre encore brillan-
te des perles de la rofée , &

le foleil à peine au tiers de fa
courfe ne caufoit encore que
des feux temperés, qu'un doux
zéphire modéroit par fon haleine.

Où font ces Amateurs de la
Nature, qui fçavent fi bien
jouir d'un beau tems & d'un
joli payfage ? C'eft pour eux
que je parle ; car pour moi,
j'étois alors moins occupé de
cet objet, que d'une Payfanne
en corfet & en cotillon blanc
que je voyois venir de loin
avec un pot au lait fur fa tête. Je
la vis avec un fecret plaifir paffer fur une planche qui fervoit
de pont au ruiffeau, & fuivre un
fentier qui devoit conduire fes
pas auprès de l'endroit où j'é-

tois affis. En approchant, elle me parut d'une grande fraîcheur , & fans rien concevoir de ce qui fe paffoit au-dedans de moi, je me levai pour aller à fa rencontre. Chaque pas que je faifois, l'embelliffoit à mes yeux, & bien-tôt j'eus regret à tous ceux que j'aurois pû faire pour la voir plûtôt. La Géorgie & la Circaffie ne produifent que des Monftres en comparaifon de ma petite Laitiere , & jamais une créature auffi parfaite n'avoit orné l'Univers. Ne fçachant quel compliment lui faire pour entrer en converfation avec elle , je lui demandai à boire un peu de fon lait pour me rafraîchir.

Je lui fis enſuite quelques queſ-
tions ſur ſon village, ſur ſa fa-
mille, ſur l'âge qu'elle avoit ;
elle me répondit à tout avec
une naïveté & une grace qui
rendoient ſes paroles dignes de
ſortir de ſa bouche.

Je ſçus qu'elle étoit du Hameau voiſin, & qu'elle s'appelloit A L I N E. Ma chere
ALINE, lui dis-je, je voudrois
bien être votre frere : (ce n'eſt
pas cela que je voulois dire,)
& moi, je voudrois bien être
votre ſœur, me répondit-elle.
Ah ! je vous aime pour le moins
autant que ſi vous l'êtiez, ajou-
tai - je en l'embraſſant. ALINE
voulut ſe défendre de mes ca-
reſſes, & dans les efforts qu'elle

fit, son pot tomba & son lait
coula à grands flots dans le
sentier. Elle se mit à pleurer,
& se dégageant brusquement
de mes bras, elle ramassa son
pot & voulut se sauver. Son
pied glissa sur la voye lactée,
elle tomba à la renverse ; je
volai à son secours, mais inu-
tilement. Une puissance plus
forte que moi m'empêcha de
la relever & m'entraîna dans sa
chute.... J'avois quinze ans,
& ALINE quatorze. C'étoit
à cet âge & dans ce lieu
que l'Amour nous attendoit
pour nous donner ses premieres leçons. Mon bonheur fut
d'abord troublé par les pleurs
D'ALINE, mais bien-tôt sa

douleur fit place à la volupté ,
elle lui fit auſſi verſer des larmes ! Et quelles larmes ! ce fut
alors que je connus vraiment
le plaiſir , & le plaiſir plus
grand d'en donner à ce qu'on
aime.

Le Tems qui ſembloit avoir
ceſſé d'exiſter pour nous , ſui-
voit ſa marche pour le reſte de
la Nature , & le Soleil incliné
vers l'horiſon , rappelloit les
Bergers à leurs cabanes & les
troupeaux à leurs étables : l'air
retentiſſoit du ſon des Corne-
muſes & des chants des travail-
leurs qui retournoient au repos. Il eſt tems que je m'en
aille , dit ALINE ; car ma
mere me battroit. Je reſpec-

tois encore ma mere dans ce tems-là ; je n'eus pas l'esprit de la défabuser du respect qu'elle avoit pour la sienne. J'ai perdu mon lait & mon honneur, ajouta-t-elle ; mais je vous le pardonne. Allez, lui répondis-je , vous êtes plus blanche que n'étoit votre lait , & le plaisir vaut mieux que l'honneur. Je lui donnai le peu d'argent que j'avois sur moi & un anneau d'or que je portois au doigt ; elle me promit de ne jamais le perdre. Nos visages toujours collés l'un contre l'autre se sé-parerent humides de larmes & de baisers. Je remontai à che-val,& après avoir suivi aussi loin que je pus des yeux ma chere

ALINE,

ALINE , je fis mes derniers adieux aux lieux confacrés par mes premiers plaifirs , & je revins au Château de mon pere, bien fâché de n'être point un petit payfan du hameau D'A-LINE.

J'avois bien réfolu de ne plus aller à la chaffe ailleurs que dans ce charmant vallon, & de faire grace, en faveur de la belle ALINE, à tout le gibier de la Province ; mais ces projets, fi chers à mon cœur, s'évanouirent comme un fonge. J'appris en arrivant que des nouvelles imprévues forçoient mon pere à partir le lendemain pour Paris. Il m'emmena avec lui ; j'embraffai ma mere en pleu-

B

rant : mais c'étoit ALINE que je pleurois.

Le tems ronge l'acier & l'Amour ; j'étois inconfolable en partant , je fuis confolé en arrivant ; à mefure que je m'éloigne D'ALINE , ALINE s'éloigne de mon efprit , & la joie d'entrer dans un monde nouveau me fit oublier les délices de celui que je quittois. Le libertinage & l'ambition remplacerent l'amour dans mon cœur. Je fervis fix pénibles campagnes , dans lefquelles je reçus de grandes bleffures & de petites récompenfes ; je revins à Paris me dédommager , dans le fervice des Belles , de tout ce que j'avois fouffert au fervice de l'Etat.

Sortant un jour de l'Opéra, je me trouvai par hazard à côté d'une jolie femme qui attendoit son carosse ; après m'avoir regardé avec attention , elle me demanda si je la reconnoisfois ; je lui répondis que j'avois le bonheur de la voir pour la premiere fois. Regardez - moi bien , dit - elle ; l'ordre n'est pas dur , répondis - je , & votre visage sçaura bien vous faire obéir : mais plus je vous regarde , plus je trouve de différence entre tout ce que j'ai vû jusqu'à présent & ce que je vois à cette heure. Mais puisque mes traits mêmes ne vous rappellent point, dit-elle , peut-être que mes mains feront plus

heureuſes. Alors ôtant ſon
gand, elle me montra l'anneau
que j'avois jadis donné à la petite A L I N E : l'étonnement
m'ôta la parole. Son caroſſe
arriva, elle me dit d'y monter
avec elle , je la ſuivis. Voici
ſon hiſtoire.

    » Vous vous ſouvenez peut-
» être encore de mon pot au
» lait & de tout ce que je per-
» dis avec lui. Vous ne ſça-
» viez ce que vous faiſiez , ni
» moi non plus ; mais je ſçus
» bien-tôt que c'étoit un en-
» fant: ma mere s'en apperçut
» auſſi, & me chaſſa de la mai-
» ſon ; je m'en allai , deman-
» dant l'aumône, à la Ville voi-
» ſine, où une vieille femme

» me retira. Elle me servoit de
» mere, & je lui servis de nié-
» ce; elle eut soin de me parer
« & de me produire ; je répé-
» tois souvent par son ordre les
» leçons que vous m'aviez don-
» nées ; & comme vous aviez
» eu pour successeur immé-
» diat le Curé du lieu , votre
» fils lui échut en partage. Il
» en a fait depuis un très-joli
» Enfant de Chœur. Ma Tante
» espérant que ma beauté lui
» seroit encore plus utile dans
» une grande Ville, me mena
» à Paris, où après avoir passé
» par plusieurs mains différen-
» tes , je tombai dans celles
» d'un vieux Président : une
» des premieres personnes de

» l'État pour la dignité, étoit une
» des dernieres pour l'amour,
» & il se trouvoit réduit à bien
» peu de chose, quand il étoit
» dépouillé de sa perruque, de sa
» simarre & de son porte-feuille.
» Cependant le peu qui en
» restoit m'aima à la folie, &
» nous combla, ma Tante &
» moi, d'argent & de pierre-
» ries. Ma Tante mourut, j'en
» héritai ; j'avois environ vingt
» mille livres de rente & beau-
» coup d'argent comptant ; je
» trouvai le métier que j'avois
» fait jusqu'alors ennuyeux, je
» voulus faire celui d'honnête
» femme, qui a aussi son en-
» nui. Pour deux louis que je
» donnai à un Généalogiste, je

» fus une fille d'affez bonne
» maifon. Quelques liaifons que
» je formai avec des Gens de
» Lettres me valurent la réputa-
» tion d'efprit, peut-être même
» un peu d'efprit. Enfin un
» homme de naiffance , riche
» de plus de cent mille livres
» de rente , crut foiblement
» payer ma vertu en m'épou-
» fant , & la pauvre ALINE
» eft à préfent pour le Public,
» *la Marquife de Caftelmont* ;
» mais pour vous, *la Marquife*
» *de Caftelmont* veut encore
» être ALINE.

Et qui avez-vous plus aimé ,
lui dis-je , de tout ce que vous
avez connu ? » Pouvez - vous
» me le demander, me répon-

(24)

» dît-elle ; j'étois fimple,quand
»vous m'avez vûe,& je ne l'étois
» plus, quand j'en ai vû d'au-
» tres. J'avois commencé à me
» parer, je n'étois plus fi belle,
» j'avois befoin de plaire, je
» ne pouvois plus aimer. L'art
» nuit à tout ; le rouge que
» nous mettons décolore nos
» joues, les fentimens que nous
» affectons refroidiffent nos
» cœurs. Je n'ai aimé que vous,
» & quoiqu'il foit aifé d'être
» plus fidele que moi, il feroit
» impoffible d'être plus conf-
» tante ; votre idée toujours
» préfente à mon efprit dans
» les infidélités que je vous
» faifois,en empoifonnoit pref-
» que toujours le plaifir.

» J'avouerai cependant qu'elle
» leur prêtoit de tems en tems
» des charmes.

J'eus une véritable joie de
retrouver ma chere A L I N E ;
nous nous embraſſâmes avec
les mêmes tranſports que dans
ces tems heureux où nos lévres n'avoient point encore
rencontré d'autres lévres , &
où nos cœurs répondoient aux
premieres invitations de la volupté. Nous arrivâmes chez
elle ; j'y reſtai à ſouper , & comme M. *de Caſtelmont* étoit ab-
ſent , je ſurvécus à toute la
compagnie , & j'uſai de mes
droits. L'Amour fuit les alco-
ves dorées & les lits ſuperbes,
il aime à voltiger ſur l'émail

des prairies & à l'ombre des vertes forêts. Mon bonheur fe borna donc à paffer la nuit entre les bras d'une jolie femme ; mais elle ne s'appelloit & n'étoit plus ALINE.

Amans qui voulez connoître l'amour ou feulement la volupté , n'allez point en bonne fortune avec des lettres du Miniftre dans votre poche qui vous forcent à partir pour l'armée. C'eft dans ces circonftances que je vis Madame *de Caftelmont*, & j'y perdis beaucoup. Jufqu'à quand la trompeufe voix de la gloire rendra-t-elle odieux ce doux repos & ces tendres plaifirs ? Jufqu'à quand préférera-t-on la guerre à l'amour ? Je ne faifois point encore ces fages réflexions ; quand on eft Brigadier, comme je l'étois, on penfe plûtôt à devenir Maréchal de Camp que Philofophe, & malgré toute la févérité des Miniftres, on en eft ordinairement plus près. J'entrai donc dans ma chaife en fortant de chez Madame *de Caftelmont*, & je volai avec plaifir à de nouveaux ennuis.

Après avoir été quinze ans loin de ma Patrie, après avoir effuyé à la fois bien des coups de fufil & beaucoup d'injuftices, je paffai aux Colonies en qualité de Lieutenant Général.

Je laiſſe aux Poëtes & aux Gaſcons le ſoin d'eſſuyer & de décrire des tempêtes : pour moi , j'arrivai ſans accident ; tout étoit calme à mon arrivée, & mon ſéjour dans les Indes reſſembloit plûtôt à un voyage de plaiſir qu'à une Commiſſion Militaire. N'ayant donc rien à faire , je parcourus les différens Royaumes qui partagent ce vaſte pays , & je m'arrêtai en Golconde ; c'étoit alors le plus floriſſant État de l'Aſie. Le peuple étoit heureux ſous l'empire d'une femme qui gouvernoit le Roi par ſa beauté,& le Royaume par ſa ſageſſe. Les coffres des Particuliers & ceux de l'État étoient également pleins. Le payfan cultivoit fa terre pour lui, ce qui eft rare ; & les Tréforiers ne recevoient point les revenus de l'État pour eux, ce qui eft encore plus rare. Les Villes ornées d'édifices fuperbes, & plus embellies encore par les délices qui y étoient raffemblées, étoient pleines d'heureux citoyens fiers de les habiter ; les gens de la campagne y étoient retenus par l'abondance & la liberté qui y regnoient, & par les honneurs que le Gouvernement rendoit à l'Agriculture ; les Grands enfin étoient enchantés à la Cour par les beaux yeux de leur Reine, qui fçavoit l'art de ré-

compenſer leur fidélité , ſans
épuiſer les tréſors publics : art
infaillible & charmant,dont les
Reines uſent trop peu à mon
gré , & dont le Roi ſon époux
ignoroit qu'elle ſe ſervît. J'arrivai à cette Cour , & j'y fus
reçu avec tout l'agrément poſ-
ſible. J'eus d'abord une Au-
dience publique du Roi , enſuite de la Reine , qui m'ayant
apperçu de loin, baiſſa ſon voi-
le. Sur ſa réputation, je l'avois
ſoupçonnée de ne rien voiler ;
je fus très-étonné de cette ré-
ception : au reſte , elle me re-
çut fort bien , & je n'eus à me
plaindre que de n'avoir pas vû
ſon viſage que je mourois d'en-
vie de voir d'abord , parce

qu'on le difoit fort beau ; enfuite parce que tout ce qui ap-
partient à une grande Reine
eft fort curieux.

De retour chez moi, je trouvai un Officier qui me propofa
de me faire voir le lendemain
les Jardins & le Parc qui envi-
ronnoient le Palais ; j'acceptai
la partie : nous nous levâmes
avec le foleil, & il me mena
par de fuperbes allées dans une
efpéce de bois touffu où les
Myrthes , les Acacias & les
Orangers mêloient leurs o-
deurs & leurs feuillages. Nous
trouvâmes un cheval attaché
à un de ces arbres ; mon guide
monta légerement deffus , &
ayant fonné une fanfare avec

une trompe qu'il portoit fur
lui, il s'enfuit à toute bride. Je
fuivis la route où j'étois, très-
étonné de la conduite de l'Officier, & ne pouvant concevoir
qu'il y eût un pays où ce fût
l'ufage de mener perdre les
gens, au lieu de les mener pro-
mener ; mais quelle fut ma fur-
prife, quand arrivé à la lifiere
du bois, je me trouvai dans un
lieu parfaitement femblable à
celui où j'avois jadis connu pour
la premiere fois ALINE & l'A-
mour. C'étoit la même prairie,
les mêmes côteaux, la même
plaine, le même village, le même ruiffeau, la même planche,
le même fentier ; il n'y man-
quoit qu'une petite Laitiere,
que

que je vis paroître avec des habits pareils à ceux D'ALINE ,
& le même pot au lait. Eſt-ce
un ſonge , m'écriai-je ? Eſt-ce
un enchantement ? Eſt-ce une
ombre vaine qui fait illuſion à
ma vûe ? Non , me répondit-
elle , vous n'êtes ni endormi ,
ni enſorcelé , & vous ver-
rez tout à l'heure que je ne ſuis
point un fantôme ; c'eſt ALINE ,
ALINE elle - même qúi vous a
reconnu hier , & qui n'a voulu être connue de vous que
ſous la forme ſous laquelle vous
l'aviez aimée. Elle vient ſe dé-
laſſer avec vous du poids de ſa
Couronne en reprenant ſon pot
au lait ; vous lui avez rendu
l'état de Laitiere plus doux que

C

celui de Reine. J'oubliai la Reine de GOLCONDE , & je ne vis qu'ALINE ; nous étions tête-à-tête alors, les Reines font des femmes ; je retrouvai ma première jeuneffe , & je traitai ALINE comme fi elle avoit confervé la fienne , parce que les Reines font toujours cenfées ne la perdre jamais.

Après cette agréable reconnoiffance , ALINE, reprit fes habits de Reine qu'une efclave de confidence qui l'avoit fuivie , lui apporta. Nous rentrâmes dans le Palais , où je lui vis recevoir toute fa Cour avec une grace & une bonté qui charmoit tout ce qui l'appro-

choit. Elle regardoit les uns ;
parloit aux autres , fourioit à
tous ; en un mot, elle avoit
bien l'air d'être Maîtreffe de
tout le monde ; mais elle ne
paroiffoit la Reine de per-
fonne.

Après le dîner , pendant le-
quel tout le monde mangea
avec elle, je la fuivis dans une
falle féparée , où m'ayant fait
affeoir à côté d'elle , elle me
conta auffi fes dernieres aventures.

Le Marquis *de Caflelmont*
fut tué en duel environ trois
mois après votre départ , & il
laiffa fa veuve défolée avec
quarante mille écus de rentes
pour toute confolation. Une

partie de ſes biens étoit en Si-
cile, & exigeoit, diſoit-on, ma
préſence. Je m'embarquai avec
joie pour ce voyage ; mais un
vent contraire força ma Fréga-
te de relâcher ſur une Côte é-
loignée, où un vaiſſeau encore
plus contraire la prit & l'emmena. C'étoit un vaiſſeau Turc
dont le Capitaine fit à l'équipa-
ge tous les mauvais traitemens,
& à moi tous les bons dont les
Turcs ſont capables : il me
conduiſit à Alger, de-là à Ale-
xandrie où il fut empalé. Je fus
vendue comme Eſclave avec
toute ſa maiſon, & tombai en
partage à un Marchand Indien
qui me conduiſit ici, & me fit
apprendre la Langue du pays,

dans laquelle je fis en peu de tems de grands progrès. J'avois connu la mifere ; mais point le malheur , & je ne pus fupporter l'efclavage ; je me fauvai de chez mon Maître fans favoir ou j'allois ; je fus rencontrée par des Eunuques, qui me trouvant belle, m'amenerent au Roi. J'eus beau demander grace pour ma vertu , je fus enfermée dans le Sérail, & dès le lendemain je reçus de tout ce qui m'entouroit, les honneurs de Sultane Favorite que le Roi m'avoit accordés pendant la nuit : bien-tôt la paffion du Roi n'eut plus de bornes, & mon authorité n'en eut pas davantage. La Gou-

CONDE accoutumée à obéir aux Arrêts que je dictois du fond du Sérail, me vit sans étonnement devenir l'Epoufe de fon Souverain, qui n'étoit depuis longtems que mon premier fujet. Je me fuis reffouvenue dans mon petit Palais de ce petit village où j'avois confervé mon innocence, & fur-tout de ce charmant vallon où je la perdis ; j'ai voulu retracer à mes yeux l'image intéreffante de mes premieres années & de mes premiers plaifirs. C'eft moi qui ai bâti ce hameau que vous avez vû dans l'enceinte de mon Parc ; il porte le nom de mon ancienne Patrie, & tous fes habitans font traités

comme mes parens, mes amis;
je marie tous les ans un certain
nombre de leurs filles, & fou-
vent j'admets le plus vieux
d'entr'eux à ma table pour me
retracer le tableau de mon
vieux pere, & de ma pauvre
mere que j'aimerois à refpecter,
fi je la poffédois encore ; les
herbes de la prairie ne font jamais foulées que par les danfes
des jeunes garçons & des jeunes filles du hameau ; la coi-
gnée refpectera tant que je vi-
vrai ces arbres imitateurs de
ceux qui prêterent leur ombre à nos amours, & mes habits
de payfanne confervés avec
mes ornemens Royaux, ne
ceffent, au milieu de l'éclat

qui m'environne, de me rap-
peller ma premiere obfcurité.
Ils me forcent à refpecter une
condition dans laquelle j'ai été
moins méprifable, que dans
toutes celles auxquelles je me
fuis élevée depuis ; ils m'ap-
prennent à reconnoître l'hu-
manité par-tout ; ils m'inftrui-
fent à regner.

O la charmante Princeffe
que celle de GOLCONDE !
Elle étoit tout à la fois bonne
Reine, bon Roi, bonne Femme & bon Philofophe ; elle
étoit encore plus , elle étoit
bonne Jouiffance. Hélas ! je
ne le fçus que pendant quinze
jours , au bout defquels je fus
furpris avec elle par fon mari

lui-même , & obligé de fortir
de fon Royaume par la fenêtre
de fa chambre à coucher. Je
repartis peu de tems après pour
la France , où je parvins aux
plus grandes dignités & aux
plus grandes dès graces , ne
méritant ni les unes ni les autres. J'ai erré depuis , fans fortune & fans efpérance, de pays
en pays ; enfin je vous ai rencontré dans ce défert, où je compte
me fixer , puifque je trouve
tout à la fois une folitude &
une fociété.

Mon Lecteur a peut-être
cru jufqu'à préfent que c'étoit
à lui que je contois cette hif-
toire ; mais comme il ne m'en
a point prié , il trouvera bon

que ce récit s'adreſſe à une petite vieille vêtue de feuilles de palmier, ancienne habitante du déſert où je ſuis retiré, & qui m'avoit demandé de lui conter mes aventures les plus intéreſſantes. Elles ont pû ennuyer ceux qui les ont lûes ; mais elles furent écoutées de la vieille avec une attention ſinguliere ; elle n'en perdit pas une parole, & quand j'eus fini, elle me dit : ce qui me plaît le plus de votre Hiſtoire, c'eſt qu'il n'y a pas un mot qui ne ſoit vrai. Qu'en ſçavez-vous, lui dis-je ? Peut-être que je vous ai menti d'un bout à l'autre. Je ſuis bien ſûre du contraire, me dit-elle. Madame ſe

mêle donc un peu de magie ;
repris-je ? Pas tout à fait , ré-
pliqua-t-elle ; mais j'ai un anneau qui me fait juger de la
vérité de tout ce que vous
m'avez dit. Je ne connois , lui
dis-je , que l'anneau de Salo-
mon qui puiſſe avoir cette
vertu. Connoiſſez-vous celui
D'ALINE , dit-elle en ſouriant ,
& en me montrant ſa main ?
A L I N E , que vous avez fait
monter ſur le Trône de GOL-
CONDE , & que vous en avez
fait deſcendre , qui fugitive &
proſcrite eſt venue chercher
dans ces lieux éloignés un aſy-
le contre la colere de ſon
mari , à laquelle vous écha-
pâtes en ſautant par la fenêtre.

Quoi ! c'eſt encore vous, m'é-
criai - je ? Je ſuis donc bien
vieux ; car j'ai, ſi je m'en ſou-
viens, un an plus que vous ;
mais il eſt impoſſible d'avoir
un an plus que votre viſage.
Qu'importe, dit-elle d'un ton
grave, notre âge & notre fi-
gure ? Nous étions autrefois
jeunes & jolis : ſoyons ſages à
préſent, nous ſerons plus heureux. Dans l'âge de l'amour
nous avons diſſipé, au lieu de
jouir ; nous voici dans celui
de l'amitié ; jouiſſons au lieu
de regretter. Il n'eſt que des
momens pour le plaiſir , &
toute la vie peut être pour
le plaiſir fixé ; l'un reſſemble
à la goutte d'eau, & l'autre au

diamant ; tous deux brillent du même éclat: mais le moindre souffle fait évanouir l'un ; & l'autre résiste aux efforts de l'acier ; l'un emprunte son éclat de la lumiere ; l'autre porte sa lumiere dans son sein & la répand dans les ténebres. Ainsi tout dissipe le plaisir , & rien n'altere le bonheur.

Ensuite elle me conduisit vers une haute montagne couverte d'arbres fruitiers de différentes espéces ; un ruisseau d'eau vive & claire descendoit de la cîme en faisant mille détours , & venoit former un reservoir à l'entrée d'une grotte creusée au pied de la montagne. Voyez , me dit-elle , si

cela fuffit à votre contente-
ment: voilà ma demeure, qui de-
viendra la vôtre, fi vous le voulez ; cette terre n'attend qu'une
foible culture pour vous payer
abondamment des foins que
vous en aurez pris. Cette eau
tranfparente vous invite à la
puifer ; du haut de cette montagne votre œil pourra décou-
vrir à la fois plufieurs Royaumes ; montez-y, vous y refpi-
rerez un air plus vif & plus
fain ; vous y ferez plus loin de
la terre & plus près des Cieux :
confidérez de - là ce que vous
avez perdu, & vous me direz
après fi vous voulez le retrouver.

Je tombai aux pieds de la

divine ALINE, pénétré d'admi-
ration pour elle & de mépris
pour moi ; nous nous aimâmes
plus que jamais, & nous de-
vînmes l'un & l'autre notre
Univers. J'ai déjà paſſé ici plu-
ſieurs années délicieuſes avec
cette ſage Compagne. J'ai laiſ-
ſé toutes mes folles paſſions &
tous préjugés dans le monde
que j'ai quitté ; mes bras ſont
devenus plus laborieux, mon
eſprit plus profond, mon cœur
plus ſenſible. A L I N E m'a appris à trouver des charmes dans
un léger travail, de douces réflexions & de tendres ſenti-
mens ; & ce n'eſt qu'à la fin de
mes jours que j'ai commencé à
vivre.

F I N.

Contraste insuffisant

NF Z 43-120-14

9 782016 142554